公安文化基层行

一路真情

公安部"公安文化基层行"文艺小分队
慰问演出十周年纪念

◎ 公安部宣传局　编

群众出版社
·北京·

前　言

这是公安文化一次史无前例的万里长征！这是人民公安一条弦歌不辍的十年长路！

2006 年至 2016 年，由公安部政治部组织的"公安文化基层行"文艺小分队带着公安部党委的深情嘱托，带着传承忠诚警魂的光荣使命，带着"人民公安为人民"的深情厚谊，走遍了中原大地、边疆哨所、雪域高原、乡村城市。

十年时间，十一次出征。三千六百五十个日日夜夜，五百多个日子风雨兼程。二百多名来自公安基层的文艺骨干，三百八十五场倾情演出。小分队奔赴三十一个省、自治区、直辖市，深入三百多个地市县（区），行程一百余万公里，现场观众一百余万人，通过电视转播和网络观看演出的观众数千万人。

这是一支风雨兼程的真情之旅，一路走进百万民警的心里；

这是一支披肝沥胆的心灵之旅，一路走进人民群众的梦中；

这是一支筚路蓝缕的宣传之旅，一路点燃公安文化的星火；

这是一支永远在路上的精神之旅，一路把忠诚的警魂传承！

一路上，文艺小分队慰问英烈家属和特困民警三百多人，送去了公安部党委的关怀，送去了战友的问候。文艺小分队所到之处，受到了当地公安民警和广大人民群众的普遍欢迎，被基层民警亲切地称为公安部党委派出的"心连心艺术团"。

十年间，文艺小分队高举忠诚的旗帜，礼赞英雄，歌颂英雄，弘扬警察精神，唱响浩然正气，用实际行动践行了"服务基层、真情奉献、连续作战、精益求精"小分队精神。

十年间，文艺小分队用文艺的方式，让"人民公安为人民"的时代旋律无声地走进人民心中，走出了一条新时期和谐警民关系的创新之路。

十年间，在文艺小分队旗帜的指引下，全国各地各级公安机关也纷纷组建小分队，遍地开花；蓦然回首，这一面战旗上高举的精神，正飘扬着公安文艺百花园春色满园的芬芳。

八千里路云和月，万里长征万里情。这是一面栉风沐雨的文化战旗，更是公安文化建设的一座丰碑。

公安部宣传局

2017 年 6 月 25 日

公安部"公安文化基层行"
文艺小分队赴基层慰问演出

目　录

01　*2006*

27　*2007*

47　*2010*

77　*2011*

107　*2012*

目　录

127　**2013**

165　**2014**

183　**2015**

195　**2016**

217　公安部"公安文化基层行"文艺小分队
十年慰问演出足迹图

公安文化基层行

2006

新疆 → 青海 → 甘肃 → 宁夏 → 福建 → 吉林 →
四川 → 重庆 → 贵州 → 江西

　　2006 年 8 月，为了向基层公安机关和民警传达公安部党委
的关怀，公安部组成"公安文化基层行"文艺小分队，深入全
国基层公安机关慰问演出。由从全国各地公安机关抽调的 30
名优秀文艺人才组成的慰问演出小分队，在两个月的行程中，
途经新疆、青海、甘肃、宁夏、福建、吉林、四川、重庆、贵州、
江西等 11 个省份，演出 63 场，观众多达 20 余万人，赢得了
各级公安机关、广大公安民警和社会群众的一致好评。

公安部"公安文化基层行
艺术分队

2006 年 8 月，首批文艺
小分队队员集结北京

2006年8月3日，公安部"公安文化
基层行"文艺小分队在公安部办公大楼前
广场，举行隆重的出征仪式

文艺小分队带着公安部党委的重托，
从首都北京出发，深入全国各地基层公安
机关演出慰问

文艺小分队在新疆赛里木湖边慰问演出，
这是小分队的第一场演出

兵团农二师库尔勒垦区公安局

文艺小分队队员张皓、刘建辉在
新疆生产建设兵团农二师顶着烈日冒
着酷暑表演相声

小品《东边日出西边雨》

在冲乎尔派出所的演出是
与观众近距离的一场演出

文艺小分队
队员黄薇为民警
演唱

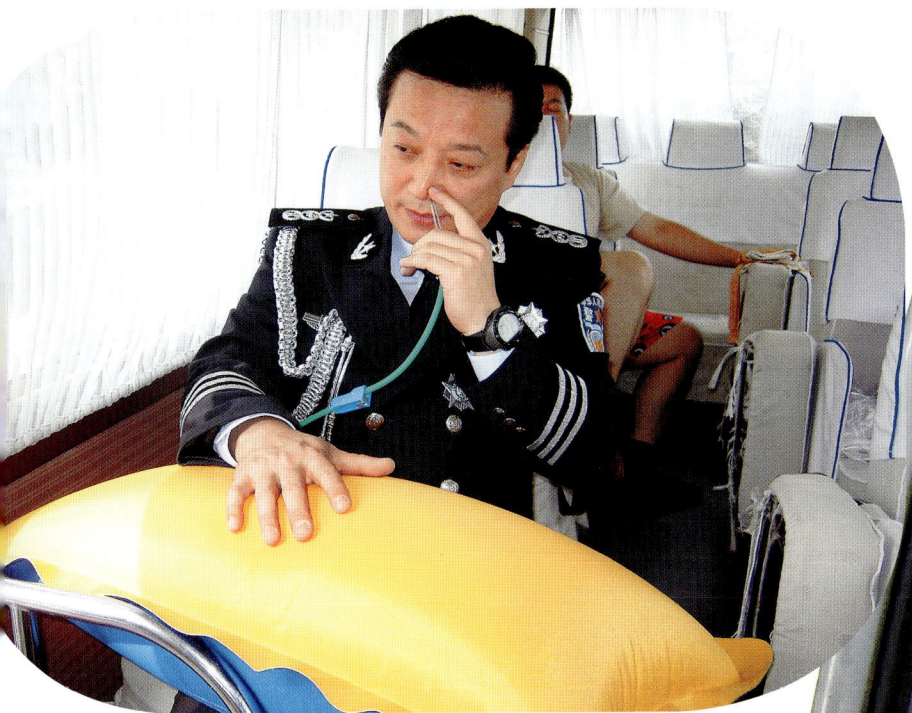

文艺小分队队长 王平 、队员
郑莉莉等同志克服高原反应，缺
氧不缺精神，坚持完成演出任务

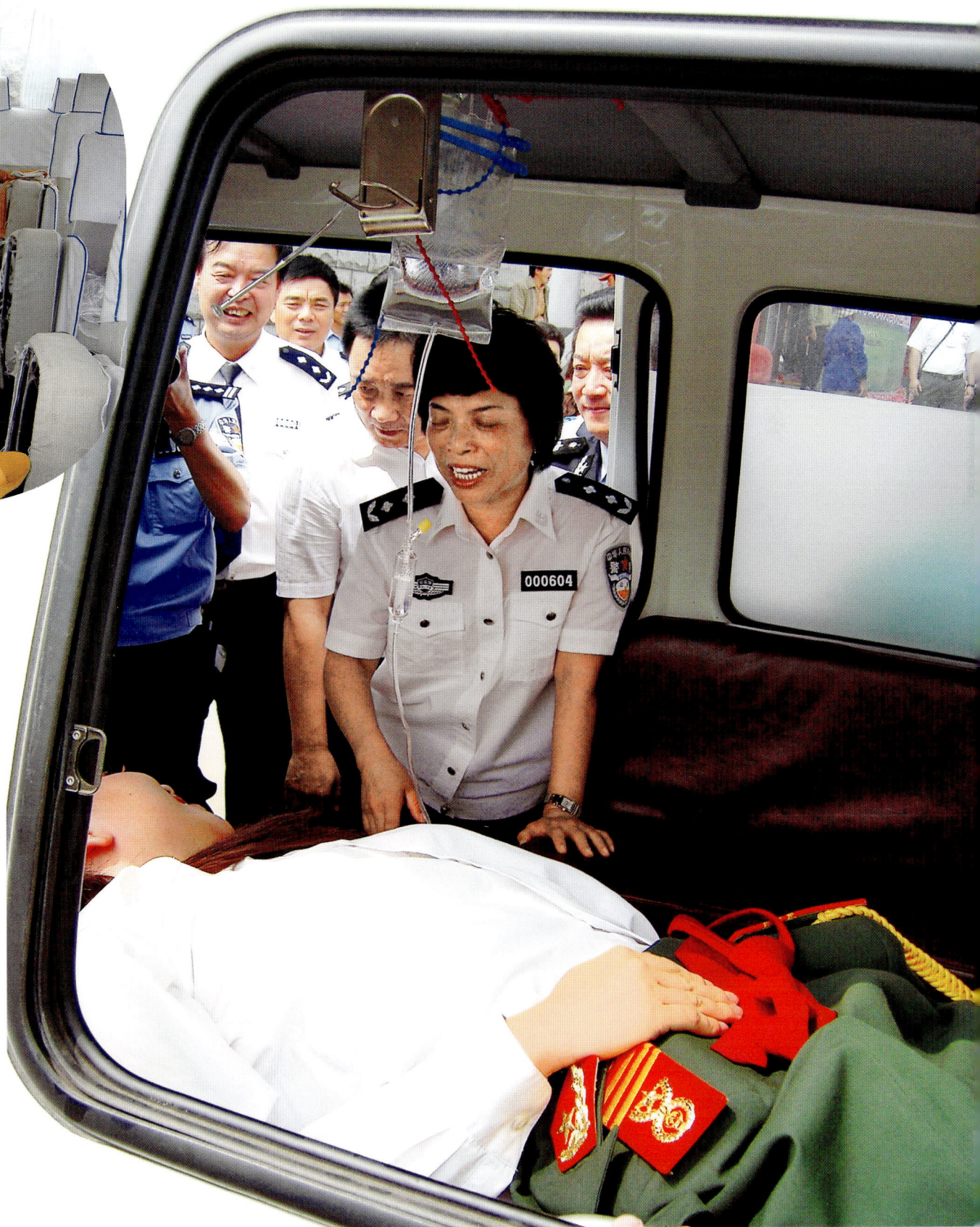

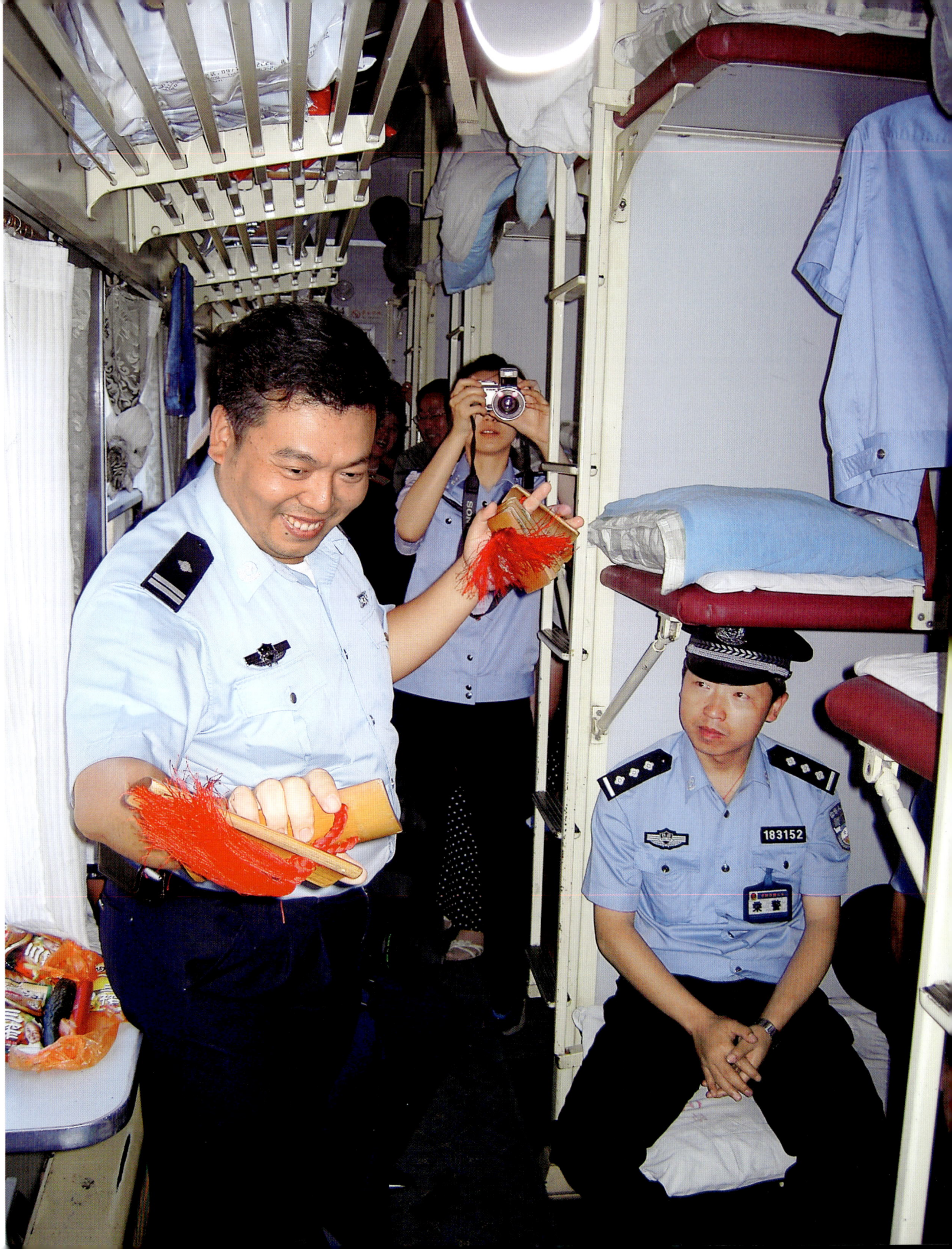

文艺小分队队员
王雪飞在列车上为乘
警表演快板

文艺小分队在甘肃敦煌慰问演出

文艺小分队队员王大军为英烈家属深情歌唱

文艺小分队在福建漳州演出

文艺小分队特邀著名歌唱家
殷秀梅来到漳州演出

文艺小分队在延边朝鲜族自治州延吉市慰问演出

文艺小分队在长白山脚下的
天池边防站慰问演出

"走过了雨，走过了风，带着嘱托，我们风雨兼程"——文艺小分队继续向四川进发

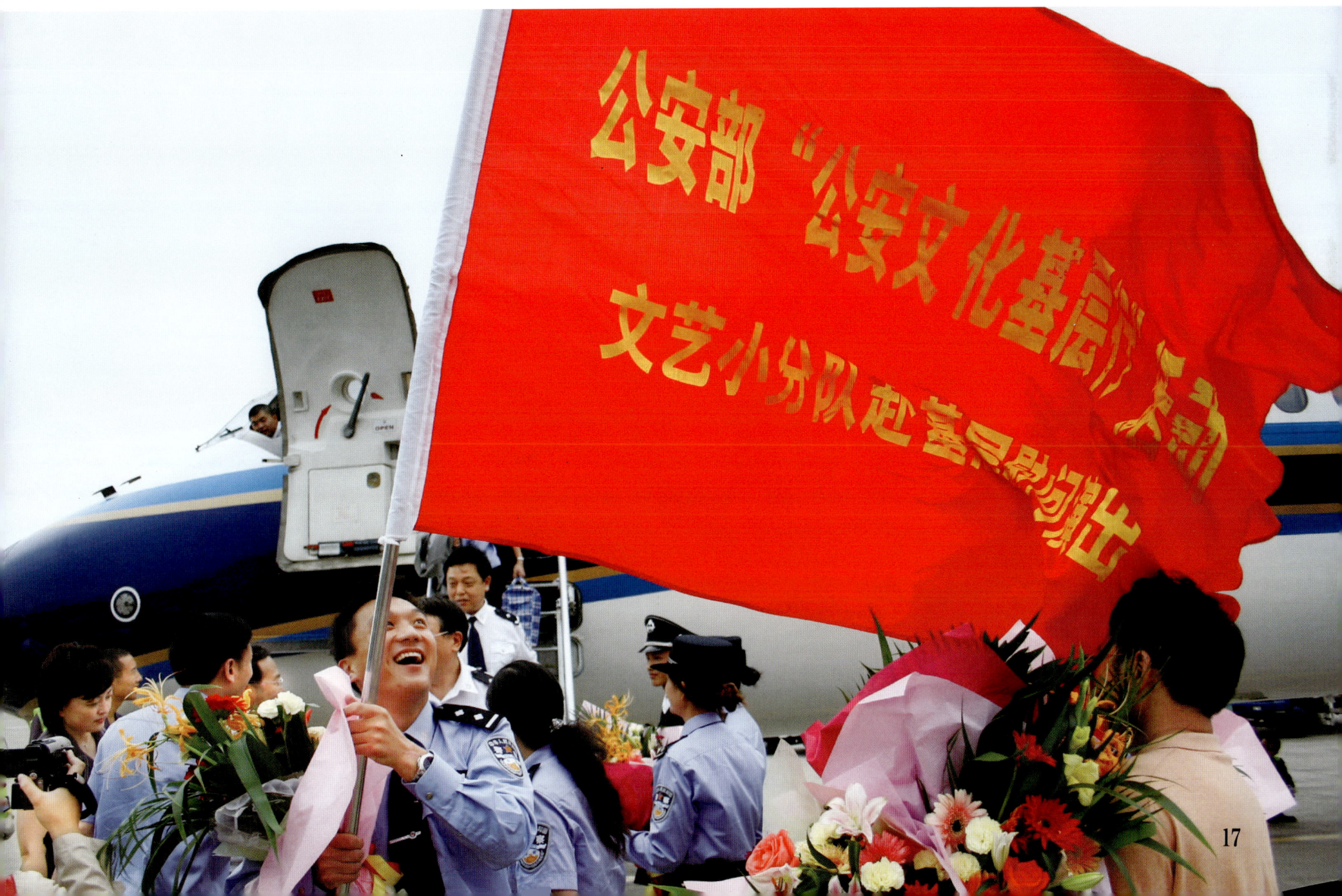

在四川广汉、乐山演出时，前来观看
文艺小分队演出的群众遍布山坡

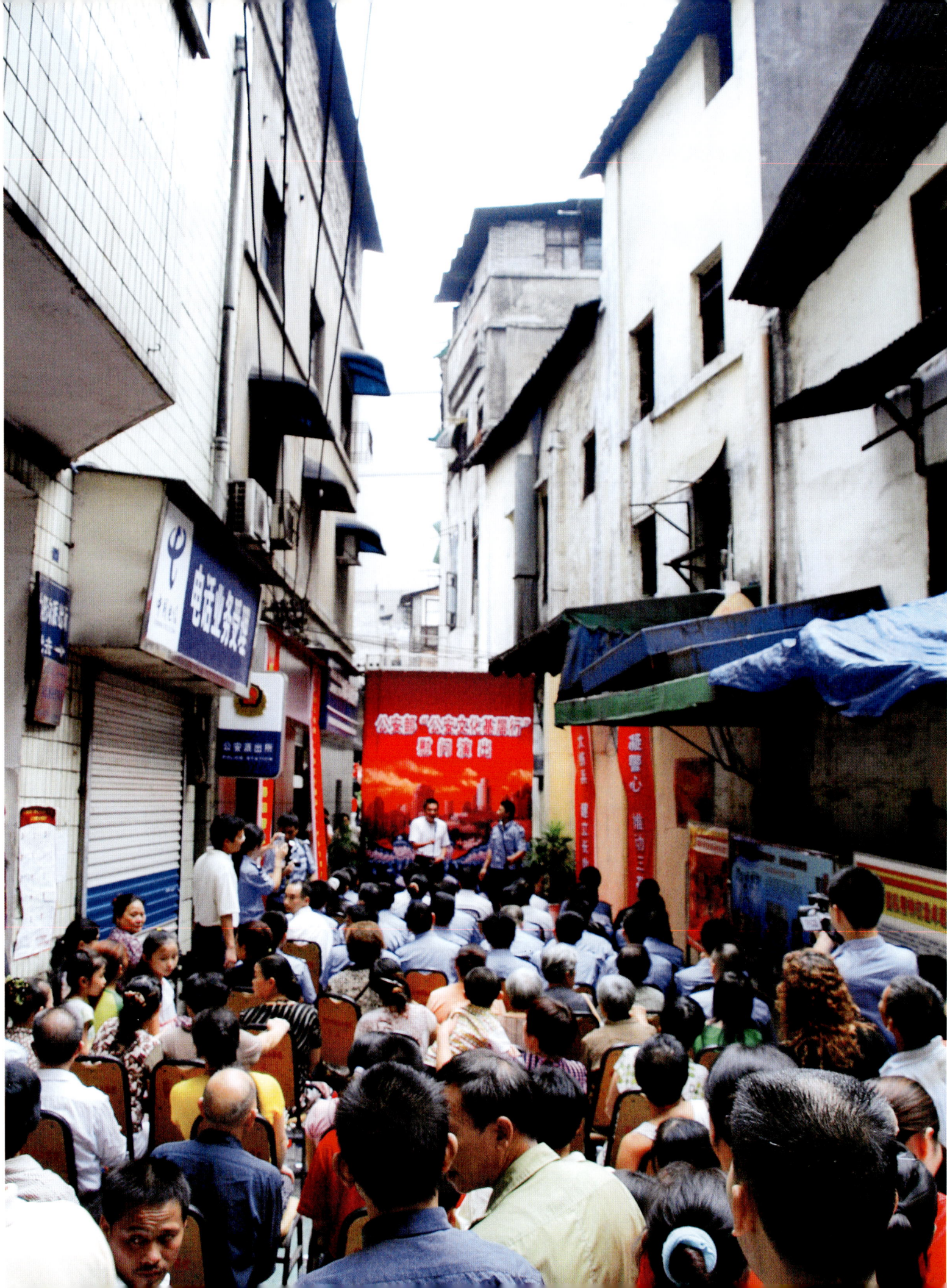

文艺小分队在
重庆为派出所民警
和社区群众演出

文艺小分队
在重庆消防中队
慰问演出

慰问英烈家属

文艺小分队在贵州省桐梓县
世纪广场慰问演出

文艺小分队在江西
南昌慰问演出

文艺小分队在江西井冈山
黄洋界为现场群众进行演出

文艺小分队为江西南昌筷子巷派出所民警慰问演出

文艺小分队在井冈山革命烈士陵园向烈士敬献花圈

2007

海南 → 广东 → 广西 → 云南 → 西藏 → 湖南 →
湖北 → 河南 → 山西 → 陕西 → 内蒙古

2007年7月25日至9月21日，公安文艺小分队先后赴海南、广东、广西、云南、西藏、湖南、湖北、河南、山西、陕西、内蒙古等11个省、自治区基层公安机关，为民警和群众举行了规模不等、形式多样的演出83场，观众达30余万人，取得了良好效果。

主持人采访缉毒英雄罗金勇的爱人罗映珍

　　2007年7月24日，文艺小分队来到北京宣武医院，为救治缉毒英雄罗金勇付出辛勤劳动的医护工作人员慰问演出。这场演出拉开了小分队2007"公安文化基层行"的演出序幕

　　罗金勇是云南省临沧市永德县的一名缉毒民警，他在与毒贩搏斗中身负重伤成了"植物人"，在宣武医院医护人员的精心救治下，最终站起来了

海南，是 2007 年文艺小分队慰问演出的第一站

文艺小分队
队员金花深情拥
抱红军老战士

文艺小分队队员乘船到达广东省河源市新汇龙镇进行慰问演出

广东省河源市新汇龙镇基层民警与文艺小分队队员依依惜别

深圳保安分局的演出，这是文艺小分队在广东的第九场演出，也是在广东的最后一场演出。图为主持人正在采访英烈家属

"文化基层行"活动到我队慰问演出圆满成功

文艺小分队队员李静姝在广西柳州为
鱼峰消防大队官兵演出

文艺小分队队员陈向均
为广西群众演唱

文艺小分队队员易坚东为公安英模献歌

文艺小分队在云南玉溪演出

文艺小分队队员
冯念为西藏布达拉宫
警卫班慰问演出

文艺小分队队员
仝阿梅在演出现场与
英烈家属相拥而泣

文艺小分队在武汉慰问演出时，将排爆英雄毛建东请上舞台。毛建东在一次排爆中，失去了右手，当他在台上用左手敬礼时，台下响起了热烈的掌声

文艺小分队队员于培华
精彩动情的表演。

文艺小分队在南水北调工程
现场慰问演出

文艺小分队在山西八路军纪念广场，特意将十多位老
红军请到现场观看慰问演出

文艺小分队在
山西省永济市体育
场为公安民警和社
会各界群众演出

文艺小分队在内蒙古
鄂尔多斯热情出演

文艺小分队队员在延安宝塔山下合影留念

小分队在内蒙古慰问演出最后一场结束后，时任公安部宣传局局长单慧敏接见小分队队员

公安文化基层行

2010

黑龙江→辽宁→山东→上海→浙江→
江苏→安徽→福建→河北→北京

　　"公安文化基层行"文艺小分队自8月5日踏上征程以来，在短短50天时间里，先后赴黑龙江、辽宁、山东、上海、浙江、江苏、安徽、福建、河北、北京等十个省、直辖市慰问演出，行程10余万公里，为奋战一线的战友带去公安部党委的关怀与慰问，为火热的警营带去欢声与笑语，为辛苦的民警带去振奋与鼓舞，为20余万公安民警、武警官兵和广大人民群众慰问演出70余场。

8月5日，文艺小分队在祖国最北端
漠河开始了2010年基层行的文化之旅

　　8月5日，抵达漠河北极村当天，文艺小分队就顶着中午的高温和晚上的
严寒为当地公安民警和群众举行两场演出

　　8月6日，文艺小分队在黑龙江省漠河县公安局前哨派出所观音山执勤站慰问演出。去年冬季，民警尹忠海在山顶一个比一节火车车厢大不了多少的执勤室内值班45个日日夜夜。45天，没有网络、电视、广播等与外界交流的任何媒介，室外是最冷可达零下40摄氏度的严寒，住所是瞬间可以冻透的小房子，对常人来说，这个连生存都是问题的地方，却是民警守护安宁的战场

　　8月9日，文艺小分队在大庆举行慰问演出，当开场歌舞《辛苦啦》唱响的时候，飘泼的大雨刹那间停歇下来，天空出现两道彩虹

8月11日上午，文艺小分队在沈阳市沈河区凌云派出所演出，派出所民警和社区群众纷纷为小分队精彩的节目喝彩！

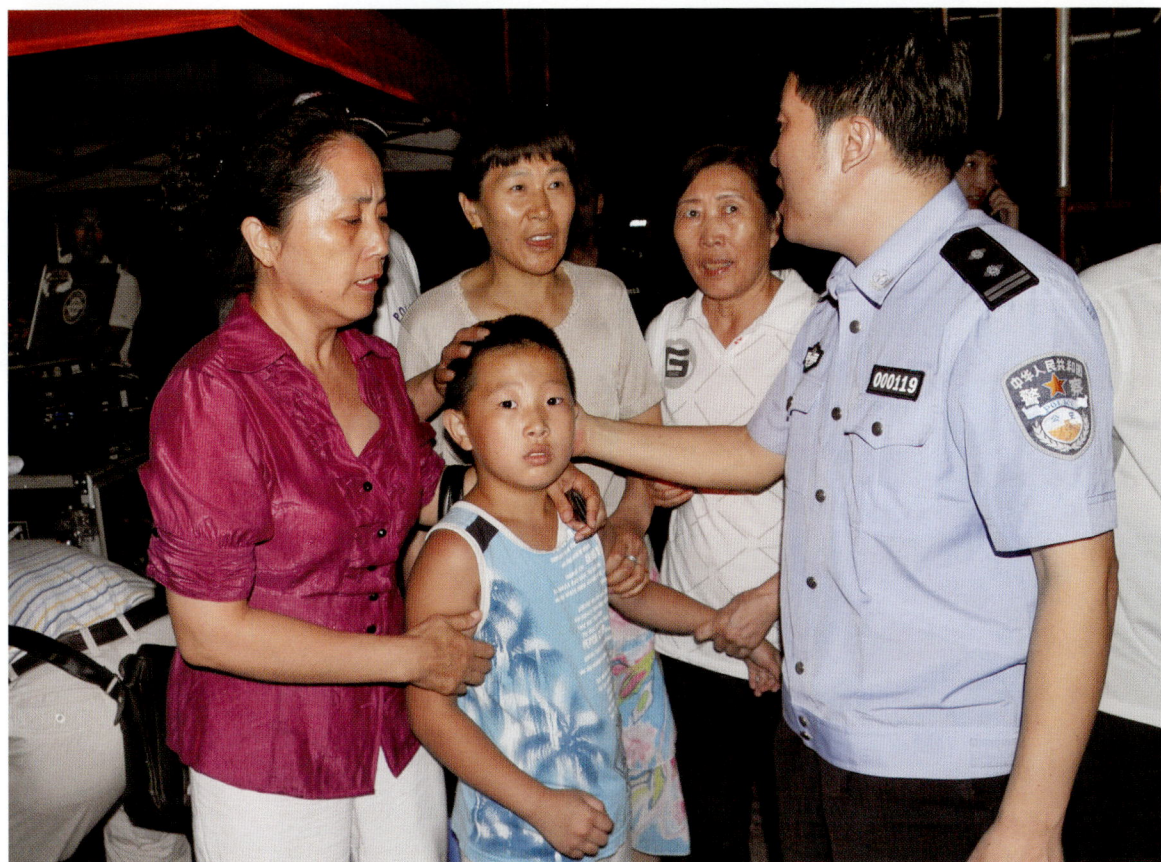

8月12日，文艺小分队在鞍山胜利广场演出，观众多达上万人。由于家长全神贯注观看演出，突然发现身边的孩子不见了，小分队主持人通过现场广播帮家长找到了孩子

8月14日，在大连慰问演出中，文艺小分队把大连成功扑救"7·16"油罐大火的事迹搬上了舞台，感动了全场的观众

小分队在大连哈尔滨路派出所演出，宋潇、李俊雨水中表演《快乐时光》

小分队在大连哈尔滨路派出所演出，演出结束后，群众与队员依依不舍，反复道别

8月16日，文艺小分队在山东寿光慰问演出，队员于培华魔术表演吸引了现场的观众

8月17日，文艺小分队在泰安市慰问演出前，队长黄纪清正在指导即将登台演出的泰安市公安消防支队第六中队战士梁树壮。梁树壮学习吹奏笛子已经三年，黄队长传授的吹奏技巧和舞台经验让梁树壮受益匪浅

　　8月17日，文艺小分队在泰安市市政广场慰问演出，听到不断传来的掌声和欢呼声，着急的小女孩索性骑到爸爸的脖子上观看

8月18日，在"五岳之首"泰山之巅，文艺小分队为驻守在海拔1545米的泰山卫士举行慰问演出

8月21日，文艺小分队在上海世博园新闻中心为世博卫士们慰问演出

8月26日，文艺小分队到浙江省诸暨市公安局枫桥派出所慰问演出时，听说60岁的民警杨光照即将退休，队员们为老杨举行了一场战友情深的专场演出

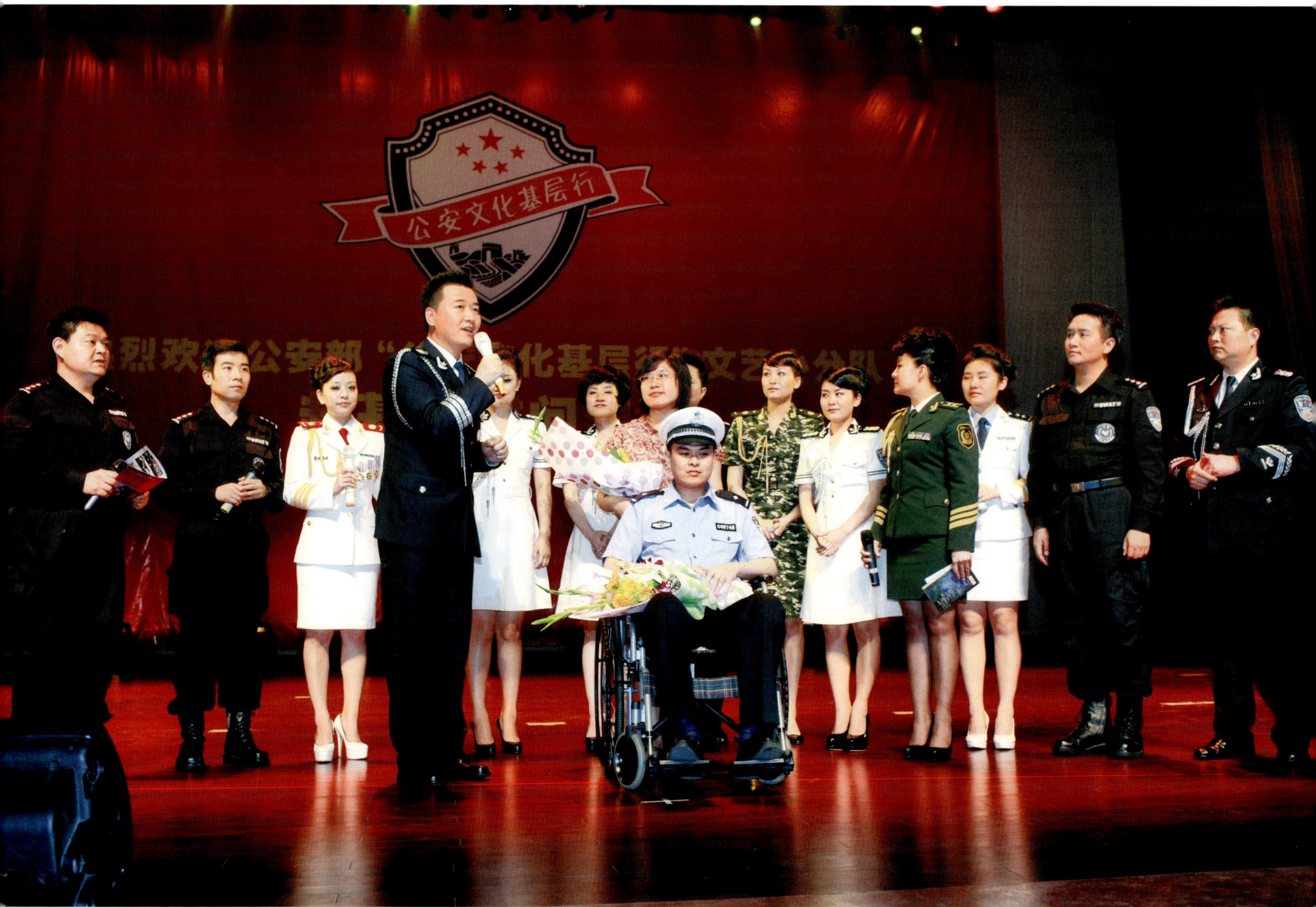

　　8月29日，在浙江省平湖市行政中心演播厅，一名年轻女子用轮椅推着警察男友走上小分队慰问演出的舞台，受伤民警叫金贤明，是在世博安保中为扑救身处险境的群众而英勇负伤，女友钱英得知后，对他不离不弃。文艺小分队队员围着这对忠贞不渝的恋人，把一首《好人好梦》送给他俩

8月31日，在江苏南通，文艺小分队将5天前因公牺牲的民警顾瑛的事迹搬上舞台，深深感动着每一个人

8月31日，文艺小分队在江苏南通市慰问演出

8月31日，文艺小分队在南通市崇海汽渡治安检查站，为为参加世博安保执勤民警、武警官兵、边防战士举行慰问演出

9月5日，文艺小分队队员肖江在合肥高新派出所慰问演出

9月6日，文艺小分队在金寨县红军广场慰问演出，革命老区的演出现场变成欢乐的海洋

9月8日，在芜湖慰问演出现场，当主持人采访烈士张磊的妈妈时，张妈妈"如果我的儿子还在，他会继续选择当警察；如果我的儿子还在，他绝不后悔第一个冲上去；如果我的儿子还在，我一定告诉他妈妈以他为荣……"，全场观众热泪盈眶并向英雄的妈妈报以热烈的掌声

就在一个多月前的7月29日晚，芜湖市繁昌县公安局横山派出所24岁的民警张磊与战友们围捕一名杀死两名村民的犯罪嫌疑人。面对持刀顽抗的嫌疑人，他义无反顾地冲上去，被尖刀刺中后仍挣扎着爬起来继续追击，前进的路上留下了带血的手印。犯罪嫌疑人被抓获了，张磊却倒下了。"我不能走，我还有很多工作要做。"成了他生命最后一刻的道别

9月16日，在革命圣地西柏坡，文艺小分队为当地民警和群众举行慰问演出

演出结束后，文艺小分队全体党员在西柏坡中国共产党七届二中全会旧址前宣誓，重温入党誓词

文艺小分队赴北京市公安局慰问演出

9月20日，文艺小分队在北京人民警察学院，为近千名学员和北京市公安局的民警代表慰问演出

　　9月22日，是中华民族的传统中秋节。当晚，文艺小分队兵分两路，分别来到昌平公安分局松园派出所和马池口派出所，为放弃节日与家人团聚的机会、仍奋战在一线的基层民警慰问演出

欢声笑语

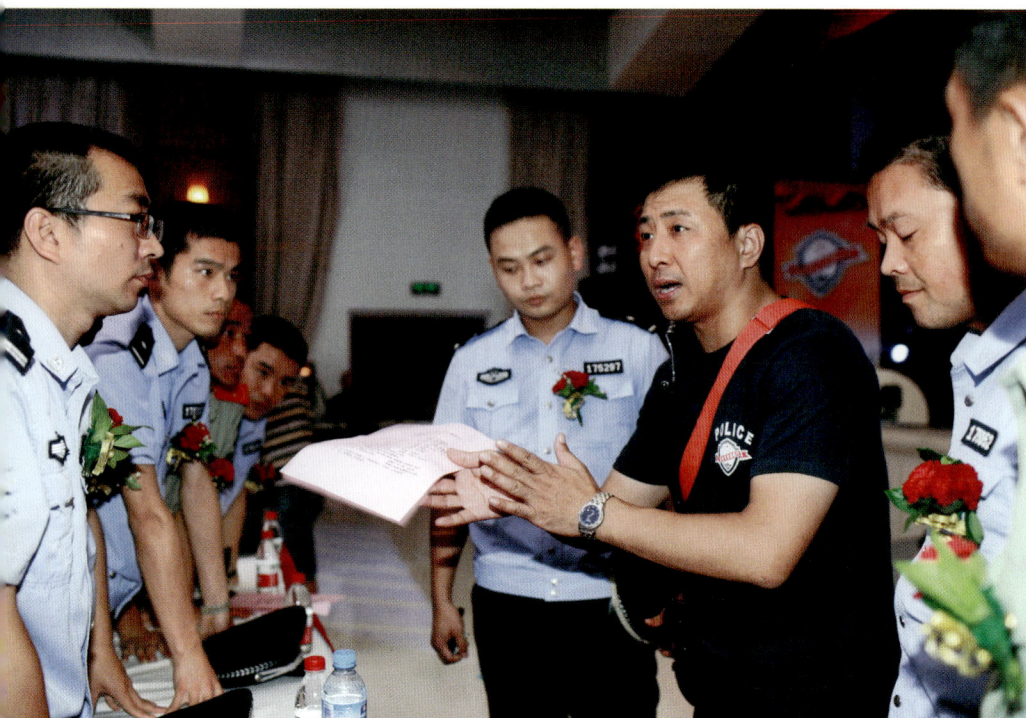
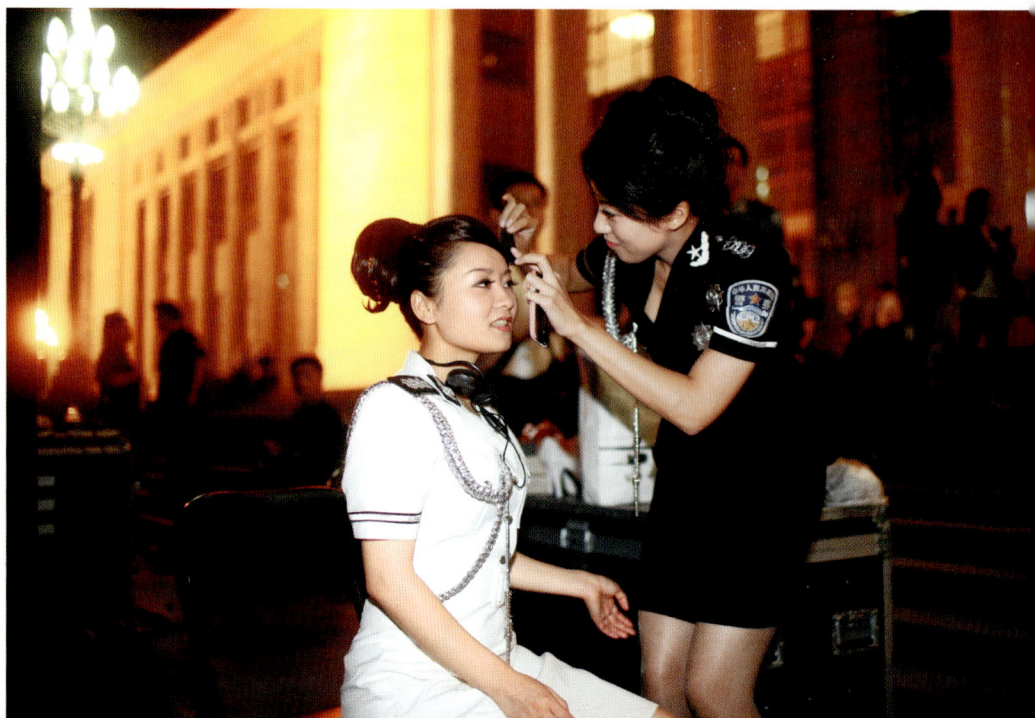

台前幕后

2011

新疆 → 青海 → 甘肃 → 宁夏 → 西藏

　　5 月 26 日，"公安文化基层行"文艺小分队从北京出发，先后赶赴新疆、青海、甘肃、宁夏、西藏五省、区 38 个县市，历时 30 天，行程 3 万公里，慰问演出 43 场，将来自首都的关怀慰问，将精彩的文艺演出带到西部，带到各族群众和战友们身边。

　　这是小分队的第四次出征。作为公安文化建设的一只"文艺轻骑兵"，小分队满怀激情，肩负使命，跨过青藏高原、越过黄土高坡，穿过大漠荒原，风雨兼程，长途跋涉，在祖国西部唱响忠诚和奉献的赞歌。

5 月 26 日，公安部"公安文化基层行"
文艺小分队从公安部出征

5月27日，文艺小分队在乌鲁木齐公安消防支队特勤大队举行慰问演出，中途突遇大雨，但队员们和消防官兵一起用坚持和热情完成了演出

5月28日，文艺小分队在乌鲁木齐黑甲山派出所慰问演出，与当地民警、各族群众载歌载舞，展现了警民和谐、民族团结的感人一幕

手与手相牵，心与心相连

5 月 30 日，文艺小分队穿过巍巍昆仑山，踏上帕米尔高原，来到海拔 5200 米，有着"生命禁区"和离太阳最近的地方之称的新疆红其拉普公安边防检查站前哨班慰问演出

6月3日，文艺小分队在青海的大通县文化广场的慰问演出时，突然遭遇大风大雨，舞台背景被吹倒砸在演员身上，就是在这种恶劣的天气里，队员们忍着伤疼，克服困难，继续精彩的演出

6月4日，在青海省玉树州格萨尔广场，文艺小分队为5000余名公安民警、藏族群众、援建部队慰问演出，歌声唱出了对玉树卫士和各界群众的慰问，唱出了玉树美好明天的祝福，引起观众的强烈共鸣

"我遗憾的是不能再完整地穿上警服，我遗憾的是不能多救一名群众。"这是玉树县公安局民警才旦多杰对主持人说出自己心中的两个遗憾。2008年，在暴风雪灾害的救援中，他因双腿因严重冻伤而高位截瘫，2010年，在剧烈的地震发生后，失去双腿的他又开车赶到废墟救出多名被困群众

文艺小分队队员王蓉与玉
树州公安局民警合唱《为了谁》

文艺小分队向玉树民警捐款

　　6月5日，文艺小分队在海北州奥凯文化广场演出前，突然接到通知，演出内容有改变，撰稿、主持人现场修改串词

　　6月5日，在海北州演出现场，年轻的阿卡也前来观看，问：演出怎么样？答：非常好，问：怎么不到里面去？答：这么好的节目，站在外边看看就很满足了。问：从哪里来？答：40公里外的寺庙。问怎么来的？答：不通公交，搭车来的。问：如何知道有演出的。答：昨天收到的短信

2011 年 6 月 8 日，文艺小分队走进甘肃舟曲进行慰问演出

6月8日，公安部文化基层行文艺小分队走进甘肃舟曲进行慰问演出，演出前，小分队领队中国人民公安出版社副社长刘灿向舟曲县公安局赠送图书

2010年8月7日，舟曲遭遇特大泥石流灾害，千余人遇难，小分队的慰问演出给舟曲民警和群众带来温暖和关怀、信心和力量

　　6月11日，文艺小分队走进秦岭深处，在只有两名民警的天水市公安局麦积分局麦积派出所慰问演出。这两名民警在大山深处无私奉献，默默坚守，护卫着麦积山270平方公里土地和2万山村居民的平安

6月11日，在天水市秦州大剧院，民警的孩子10岁的小礼贤零距离观看演出

　　6月13日，文艺小分队来到全国公安系统二级英模海小平生前所在的宁夏同心县公安局预旺镇派出所，为500余名公安民警、当地各族群众慰问演出。去年3月，距25岁生日还有3天，离结婚还有48天的海小平因忘我工作，过度疲劳，突发心脏病牺牲。海小平以他短暂而光辉的一生，践行了"人民公安为人民"的庄严承诺，体现了"80后"青年的时代风范，展示了新时期人民警察的精神风貌。演出中，主持人刘冰泽采访曾经受过海小平帮助的回族大娘马凤莲

热烈欢迎公安部"公安文化基层行"文艺小分队赴同心县公安局慰问演出

　　6月13日，文艺小分队在同心县公安局院内举行慰问演出。海小平的爸爸海晶边看演出边流下思念儿子的眼泪，他说："我想念儿子，但我不后悔他当警察……"

6月14日，文艺小分队在宁夏中卫演出，队员
仝阿梅将一首《妻子》送给现场的警嫂

6月18日，文艺小分队在成都至拉萨的飞机上，
队员王博、王文辉在万米高空为乘客演出

6月19日，文艺小分队杨文彬等队员在青藏铁路客车上为乘客表演，带来一路欢声笑语

6月19日，在西藏那曲地区安多县街头，5岁的藏族小朋友嘎加冬加正和妈妈说话，突然看到整齐走过的队员们，立即行了一个敬礼。安多是世界上海拔最高的县，"公安文化基层行"文艺小分队是首个走进安多的文艺团体

热烈欢迎公安部"公安文化基层行"文艺小分队在安多慰问演出

公安文化基层行文艺小分队

安多慰问现场

6月19日下午，文艺小分队在低至零下的安多文化宫演出，当地公安民警、藏族群众一次次将哈达挂在队员身上

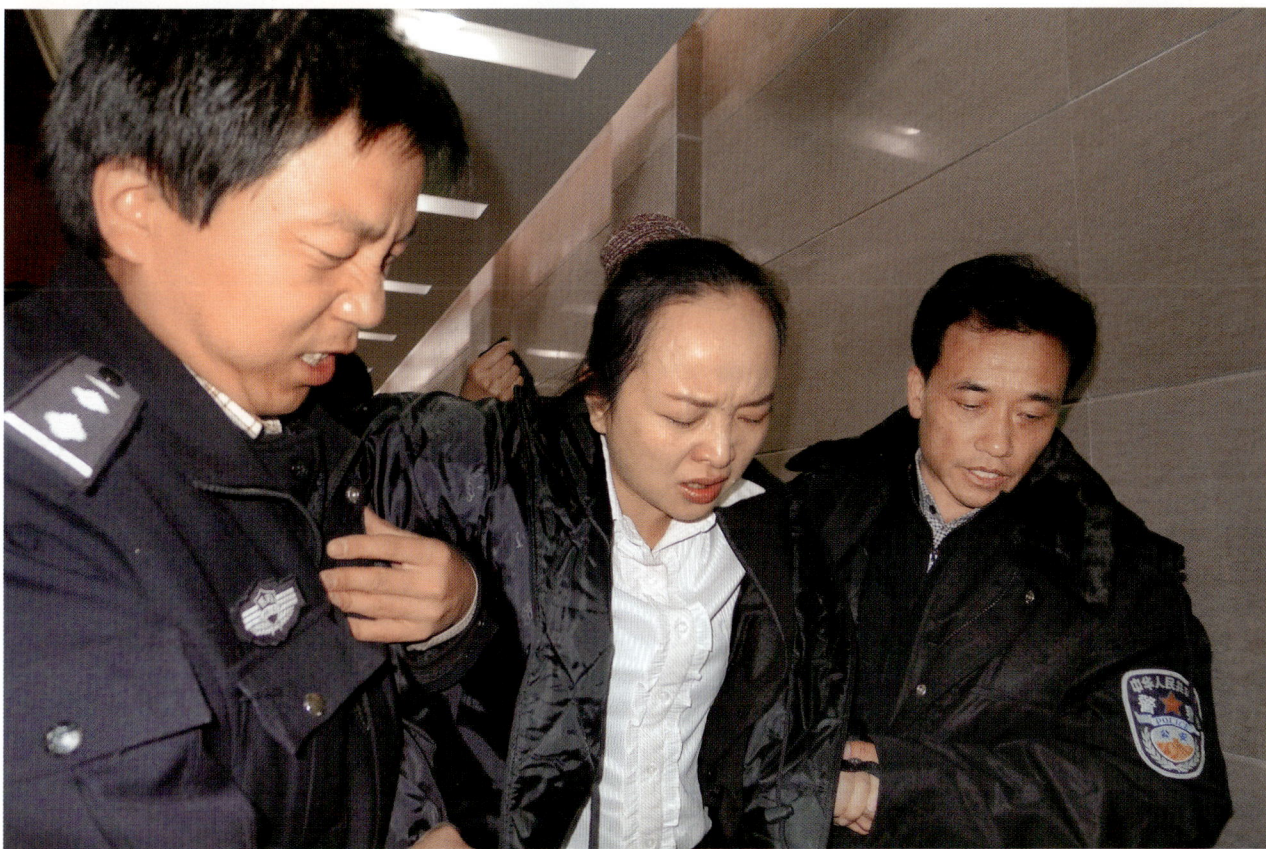

6月20日，文艺小分队在那曲慰问演出，舞台上，队员们充满激情，演绎精彩。走下舞台，队员刘青玲因极度缺氧，口鼻流血，晕倒在地

　　6月20日，小分队部分队员去那曲公安消防支队特勤中队慰问英模代表，当听说官兵渴望观看演出，两名歌手刘雅进、王蓉临时加演了一个小时的精彩演出

6 月 22 日，文艺小分队在日喀则地区举行慰问演出

观众为精彩演出喝彩

2012

贵州 ——→ 广西 ——→ 湖南

　　6月3日至14日，由40余名全国公安机关文艺骨干组成的"公安文化基层行"文艺小分队带着公安部党委的深情嘱托，怀着对基层民警和人民群众的深情厚谊，顶风雨、冒酷暑，赴贵州、广西、湖南基层一线慰问演出。

　　在短短12天的时间里，小分队先后奔赴三个省、区的12个县市，为基层一线战友和广大人民群众举行慰问演出15场，观众达3万余人。

6月3日，公安部"公安文化基层行"文艺小分队踏上征程，深入到贵州、广西、湖南等地基层公安机关进行慰问演出

公安部"公安文化基层行"文艺小分队赴贵阳慰问演出

6月4日,文艺小分队在贵阳市
公安局礼堂举行慰问演出

在演出现场,主持人采访了被群众誉为"贵阳第
一女特警"的潘琴。看似文静的她,在生死较量中,
一次次将穷凶极恶的持枪歹徒制服,一次次把身捆炸
药的劫匪击毙。她所表现出的勇气和智慧,她面对罪
恶时的无畏和果敢,给了广大百姓平安的信心

6月5日，文艺小分队来到贵州省雷山县
公安局西江派出所为基层民警慰问演出

6月5日，文艺小分队在西江苗寨为当地民警和各族群众慰问演出

6月5日，文艺小分队在贵州遵义举行慰问演出

6月5日，文艺小分队演出结束后全体队员到遵义会议纪念馆接受革命传统教育

6月8日，文艺小分队在广西钦州港举行慰问演出，观看演出的观众挤满偌大的广场

　　6月10日，文艺小分队在广西大新县堪圩派出所慰问演出，
队员顶着烈日出演，安排观众坐在树荫下观看

6月10日，文艺小分队在广西扶绥县文化广场举行慰问演出，现场观众达15000余人，当地壮族群众与队员一起载歌载舞

　　6月11日，南疆国门友谊关下变成红色的世界、欢乐的海洋。当日上午10点，文艺小分队在这里举行在广西的最后一场慰问演出，500余名公安民警、边防、消防官兵、解放军指战员及当地群众、游客观看了演出

6月12日，文艺小分队在长沙公安消防总队慰问演出时，小分队领队、时任公安部宣传局副巡视员孙洁现场慰问因公殉职的湖南消防干部宋文博的妻子曾志菊。2009年6月13日，宋文博因参加洞口县"6·9"抗洪抢险，疲劳过度引发高血压脑出血，经抢救无效壮烈牺牲，年仅37岁。国务院、中央军委追授宋文博"爱民模范"荣誉称号

孙洁副巡视员给了英雄妻子一个温暖的拥抱。曾志菊说：丈夫宋文博已经离开她三年了，可是战友们没有忘记她，始终关心着她

文艺小分队队员仝阿梅唱着一首《无悔的忠诚》并抹去英雄妻子曾志菊脸上的泪花

6月12日，文艺小分队在雷锋故乡
长沙市望城区慰问演出

6月13日，文艺小分队在湖南省公安厅交警总队会议中心举行慰问演出，与演出地点仅有一墙之隔的车管大厅负责人李清和她的同事依旧在岗位上执勤，队员马丽雅专门为她们临时加演二胡独奏

　　6月14日，文艺小分队在湘潭市公安局九华分局举行慰问演出，50余名分局民警观看了演出。没有音响，没有话筒，没有灯光，也没有舞台，队员就走到民警身边，用最真实的声音唱出最真切的情感，感动了当地民警，也感动了现场所有的人

6月14日，文艺小分队全体队员在韶山向毛泽东同志雕像敬献花篮

演出期间文艺小分队慰问
当地公安英模代表

2013

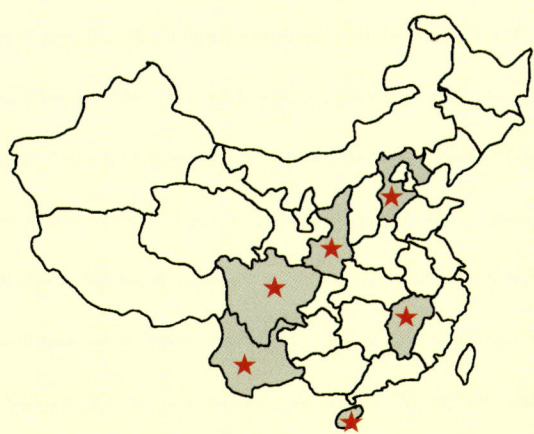

海南 ——→ 云南 ——→ 四川 ——→
河北 ——→ 陕西 ——→ 江西

  2013 年 8 月，公安部"公安文化基层行"文艺小分队紧密围绕党的群众路线教育实践活动的开展，赶赴海南、云南、四川，举行慰问演出 20 余场，一路演绎着精彩，传递着力量，凝聚着警心、民心。

  2013 年 10 月，公安部"公安文化基层行"文艺小分队再度集结，走进河北、陕西、江西，重走革命路，重温革命史，看望慰问老红军、公安英模、英烈家属、特困民警 20 余人，举行慰问演出 19 场，受到了老区人民和基层民警的热烈欢迎。

2013年8月1日，文艺小分队慰问驻公安部武警和一线员工专场演出，拉开了文艺小分队基层行的序幕

8月3日，文艺小分队在海南省东方市文化中心举行慰问演出，以"现代焦裕禄"吴春忠事迹为主题的 "忠诚卫士"节目深深地打动了观众的心

　　8月4日晚，文艺小分队在文昌市演艺会议中心举行慰问演出时，正好于当日举办婚礼的民警杨伟光和新婚的妻子一起来看演出，队员陈姣姣、彭沛把两位新人请上舞台，为他们演唱了饱含祝福的歌曲《今天你要嫁给我》

8月5日，文艺小分队在清澜边防派出所演出结束离开时，队员们与民警依依不舍、挥手告别

8月6日，文艺小分队在三亚市公安局崖城分局崖城派出所慰问演出

在崖城派出所演出时突降暴雨，队员杨眉与民警互相礼让雨伞

　　8月6日，在崖城派出所演出结束后，从派出所门厅到大客车不到 10 米的距离里，站满了观看演出的民警和群众，他们举着一把把伞，站成一条溢满真情的通道，队员们从中走过，脸上有雨水，有汗水，也有感动的泪水

　　8月11日，文艺小分队到达云南省曲靖市马龙县慰问演出。当队员们得知马龙县看守所12名民警因为值班错过小分队表演后，部分队员立即赶往看守所，为这12名民警和驻所武警中队的官兵举行了一场零距离慰问演出

8月11日，文艺小分队在马龙县文化广场演出时，当听说一位患失忆症常常焦虑不安的警嫂正在观看演出时，队员仝阿梅深情地为她唱了一首《妻子》，并向她献上一束鲜花。那一刻，警嫂的脸上全是幸福的笑容，她拥抱着队员对现场3000余名观众说："即使有失忆症，也不会忘了这场演出、这首歌和这束花。"

　　8月12日，文艺小分队在昆明五华分局虹山派出所慰问演出，因为闻讯而来的群众太多，队员们就来到派出所二楼一个不足10平方米的平台上演，四合院式派出所的楼梯和过道站满民警和周围的群众，欢歌笑语、掌声叫好声在这个四合院里持续了一个多小时。图为队员孟灵芝与民警共同演唱歌曲

"公安文化基层行"文艺小分队慰问演出

关累站

主办单位：公安部政治部
承办单位：云南省公安厅政治部
西双版纳州公安局

2013年8月

中国公安边防
CHINA BORDER POLICE

中国公安边防

中国公安边防

8月13日，文艺小分队在澜沧江－湄公河畔的关累港举行慰问演出，当地公安民警、各族群众及来自老挝、缅甸、泰国的联合巡逻执法指挥部的代表观看了演出

8月16日，文艺小分队赴川的第一场演出在都江堰举行

汶川地震中，都江堰市公安局太平街派出所民警邓波先后救出多名受困群众，然而他的6岁儿子却在地震中不幸遇难。由于当时他还担负着看护派出所枪支的任务，邓波抱着儿子僵硬的身体陪着伤心欲绝的妻子在派出所度过了人生最痛苦的那一夜。演出现场采访中，邓波说尽管伤心欲绝，但是他没有忘记自己的职责，因为他是一名警察，如果他不坚强，又怎么能帮助那些与他一样悲痛的受灾群众？现场观众无不感动得热泪盈眶

8月17日，文艺小分队队员到映秀地震遗址缅怀汶川地震遇难同胞

　　8 月 18 日，在什邡市的慰问演出即将结束时，一个当地小女孩与队员们一起走上舞台。小女孩叫赖谦一，在她刚出生 2 个月的时候，当警察的爸爸参加了"5·12"抗震救灾和灾后重建，这一走就是半个多月。随后爸爸还参加了"4·20"雅安地震、"4·14"青海玉树地震救援。在小谦一的记忆里，爸爸总是匆匆回来，又匆匆地走。18 日中午，爸爸告诉她公安部小分队来什邡慰问演出后就又因任务出差了，她就跟着爸爸的同事来到了演出现场。了解这一情况后，队员们抱着她上台一起参加谢幕，并集体为她合唱了一首《相亲相爱一家人》

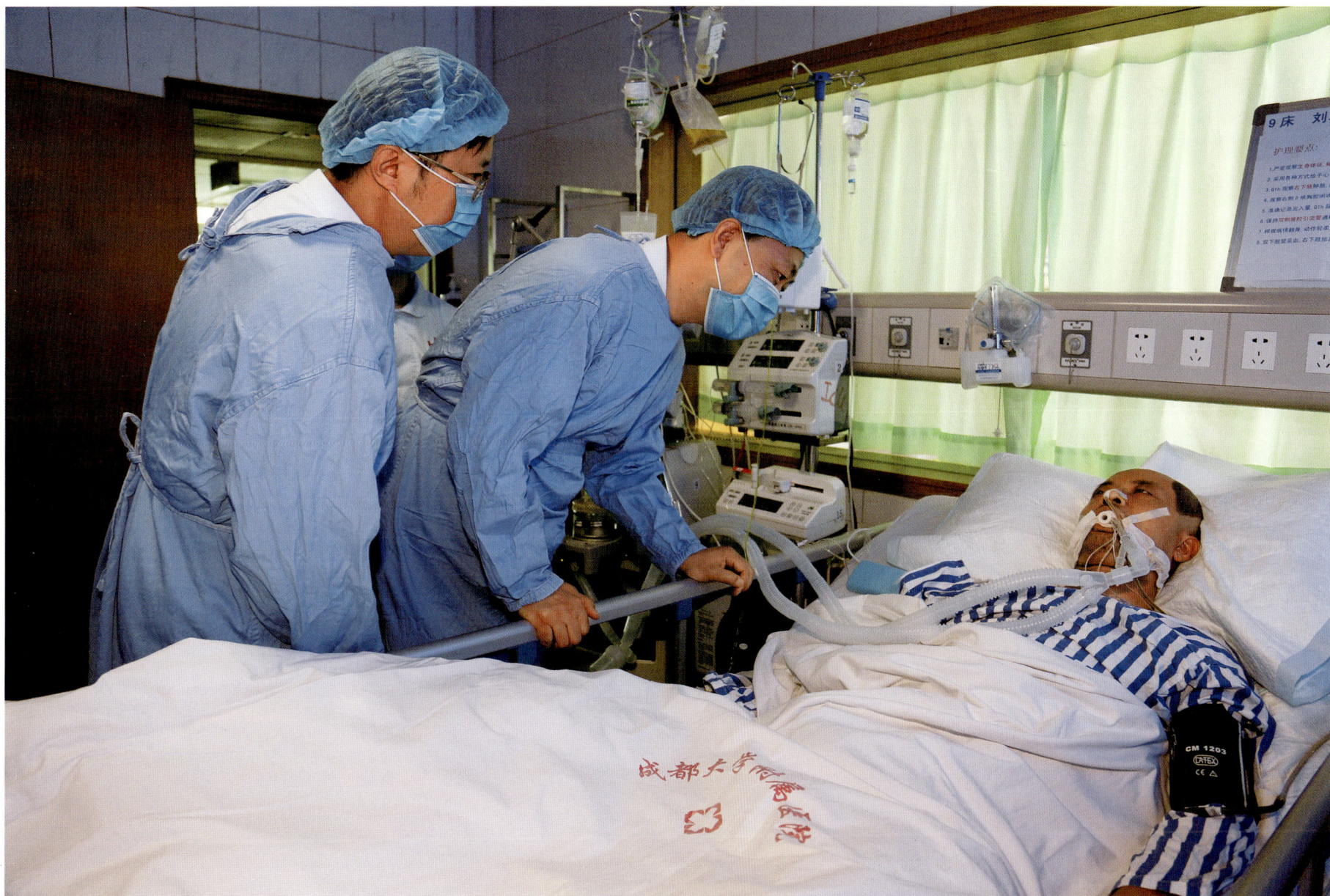

　　8月13日，刘军在抓捕盗车犯罪嫌疑人时，遭到暴力拒捕，被嫌疑人撞伤，造成骨盆多发性骨折、多处肋骨骨折，血管、神经、肌肉及泌尿系统等多系统、多器官严重多发伤。当文艺小分队领队、宣传局副局长杨锦途中得知刘军同志负伤的消息，立即赶赴医院看望慰问

8月19日，文艺小分队在北川举行第300场演出。不仅用文艺的形式给灾后重建的民警和各族群众带来信心和力量，还共同为灾区重建献上爱心

　　10月19日下午，在华北人民政府公安部旧址王子村，当队员阚兆阳唱着一首《我爱你中国》将一束鲜花敬献给王子村75岁的老人李保妮，激动的老人紧紧抱着鲜花老泪纵横。老人曾经是保卫公安部的儿童团员，他动情地说："65年过去了，人民公安为人民的传统始终没有变。"

10月19日，文艺小分队在王子村慰问演出，当队员李静姝演奏着二胡走近观众的时候，突然一位40多岁的大姐冲出来抱着李静姝大声说："我太喜欢你们的演出了，我爱小分队！"

　　10月20日下午，文艺小分队在衡水市电业社区举行慰问演出，800余名社区居民及附近群众观看了演出。一位坐在轮椅上年逾八旬的老人，看到精彩处竟然拍着巴掌站起来，一时忘记了自己身体的疾病

10月22日，在南泥湾大生产展览馆前，文艺小分队的到来把这里变成欢乐的海洋。当《南泥湾》的旋律响起的时候，观看演出的探采工人、老区群众及当地民警纷纷走上舞台，与队员们同握一个话筒，共唱一首歌

年仅2岁的"小粉丝"吴语桐打着吊瓶让妈妈把她带到演出现场，看得异常投入和认真

10月23日，文艺小分队在延安文化中心广场演出

10月25日上午，文艺小分队来到西安民航社区警务室，为小区的近千名居民举行慰问演出。社区的群众自发上台，与队员联袂表演

公安部文艺小分队赴筷子...

派出所慰问演出

10月27日文艺小分队在南昌筷子巷派出所墙外小广场演出结束后，发现有两名民警因值班没看演出，立即又加演一场

　　10月28日，文艺小分队再次来到有着"共和国的奠基石"、"中国革命摇篮"之称的井冈山慰问演出。当队员阚兆阳唱着一首《我爱你中国》走近观众时，86岁李耀荣大爷再也无法抑制内心的感情，突然一把抱住队员连说："好孩子，谢谢你们！"

　　10月28日，文艺小分队队员参观了井冈山革命烈士纪念馆，集体背诵《水调歌头·重上井冈山》诗词。"井冈精神"又一次融入队员的思想，洗涤队员的心灵，变成小分队文化长征的精神保障和动力之源

　　10 月 30 日，在江西省兴国县光荣院，当文艺小分队来为这里的 45 名革命老战士和烈士遗孀慰问演出时，88 岁的革命老前辈刘传其走上舞台敬了一个庄严的军礼

10月30日，在江西省兴国县，孙洁副局长带领文艺小分队队员看望慰问93岁老红军钟发镇并为老人举行慰问演出

10月30日下午，文艺小分队
在兴国县红军广场举行慰问演出

10月31日，文艺小分队在"红色故都"、"共和国摇篮"、"长征起点"瑞金举行慰问演出，现场红旗飘扬、警歌嘹亮，笑声不断、掌声如潮，文艺小分队用一场精彩的演出带给老区人民和战友们文化的盛宴

　　"对不起，今天生病没法给你们唱歌听了……" 11月1日上午，当文艺小分队队员们来到当年苏区文艺宣传队队员、95岁的老革命杨荣秀家中，听到躺在床上不断咳嗽的老人带着歉意地说出这句话时，小分队队员无不热泪盈眶

公安文化基层行

2014

广西 ——→ 吉林 ——→ 俄罗斯

　　2014 年 9 月 5 日，公安部"公安文化基层行"文艺小分队再次出征，先后赴广西、吉林慰问演出。2014 年 11 月，由文艺小分队组建的中国公安部访俄艺术团出访俄罗斯，在俄罗斯克林姆林宫和俄罗斯内务部白桦林疗养院进行两场演出，增进了两国警方的友谊，推动两国警方进一步加强交流与合作。回国后，受邀在俄罗斯驻华大使馆演出。

9 月 6 日，文艺小分队赴广西慰问演出

9月7日上午，文艺小分队在广西南宁兴宁派出所慰问演出

结束在广西南宁兴宁派出所的慰问演出后，
文艺小分队又奔向下一个演出地点

9月8日晚上，文艺小分队在广西容县自良派出所进行慰问演出

　　9月8日，文艺小分队在广西容县自良派出所慰问演出，
过了一个特殊意义的中秋节

9月8日，文艺小分队在广西容县自良派出所慰问演出，和民警愉快互动，群众反应热烈

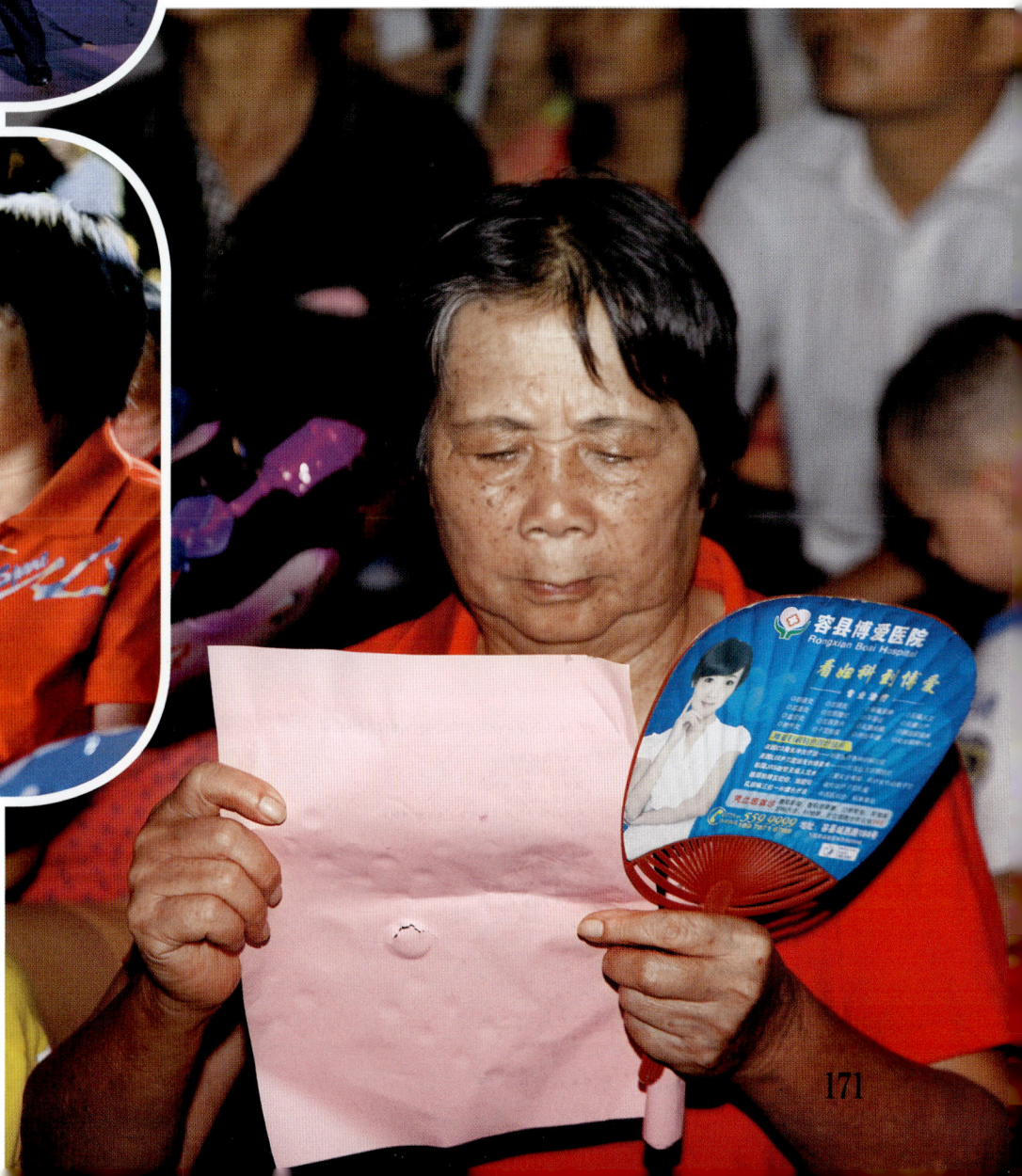

9月21日，文艺小分队在吉林
省长春市东盛派出所慰问演出

9月22日上午，文艺小分队来到吉林四平伊能县伊丹镇政府大院为当地派出所民警和当地干部群众进行慰问演出

在江县居民区演出

9月22日，文艺小分队来到吉林四平伊能县伊丹镇政府大院为当地派出所民警和当地干部群众进行慰问演出

9月22日，文艺小分队来到吉林省辽源市进行慰问演出

9月23日，文艺小分队来到吉林省东辽县安石镇中心小学
进行慰问演出。图为队员李瑞、李亚男在现场演出

9 月 23 日晚上，文艺小分队来到地
吉林省梅河口市进行慰问演出

2014 年 11 月 10 日，由文艺小分队组建的"中国公安部访俄艺术团"在俄罗斯莫斯科克林姆林宫演出

2014 年 11 月 11 日，"中国公安部访俄艺术团"在俄罗斯内务部白桦林疗养院演出

"中国公安部访俄艺术团"回国后，受邀在俄罗斯驻华大使馆演出

2015

新疆

2015 年 1 月 31 日至 2 月 14 日，此次慰问演出是文艺小分队自 2006 年以来的第 9 次出征，活动围绕慰问新疆反恐维稳民警和援疆特警的主题，先后来到反恐维稳一线的乌鲁木齐、阿克苏、喀什、和田、伊犁以及图木舒克市、叶城县等地进行慰问演出，公安民警、援疆特警、现役官兵、民警家属、政法干部、治安保卫积极分子以及各地群众等上万人观看了演出。

2月2日，小分队赴新疆首场演出，在新疆省公安厅，文艺小分队队员演出民族舞

新疆民警被节目
感动得热泪盈眶

2月3日，文艺小分队来到乌鲁木齐市公安局慰问演出。
此次赴疆慰问演出是小分队第一次在冬季出发

文艺小分队慰问乌鲁木齐市公安局专场演出时，队员井怡丹与观众互动

小分队去喀什的路上途径叶城，应民警热情邀约，为叶城市
公安局加演一场，演出过程中队员与当地民警共舞

文艺小分队在叶城演出，队员们一起动手帮助调试设备

小分队在喀什演出，小分队队员演出民族舞。

小分队慰问图木舒克市专场演出过程中，队员杨文彬与现场观众互动

文艺小分队队员
向烈士家属献花

文艺小分队队员
潘登与现场观众互动

文艺小分队队员疲惫得坐着睡着了

文艺小分队赴伊犁演出前，队员在后台用餐

文艺小分队赴伊犁演出，队员井怡丹受伤，队员王文辉帮她上药

公安文化基层行

2016

浙江 → 上海 → 福建 → 湖北 → 重庆 → 山东

5月27日至7月1日，"公安文化基层行"文艺小分队分别赴浙江、上海、福建、湖北、重庆、山东等六省市慰问演出。

一个多月时间里，文艺小分队行程3万余公里，走到G20杭州峰会安保第一线民警身边，走进南湖、古田、沂蒙等革命老区人民群众中间，举行慰问演出41场，观众达3万余人。文艺小分队用嘹亮的战歌为护航平安的战友鼓劲加油，以文艺的形式向人民群众汇报公安工作，推动了"两学一做"学习教育，鼓舞了一线民警士气，密切了警民关系，受到普遍欢迎和广泛好评，取得了良好效果。

5月27日，在杭州大剧院举行2016公安文化基层行文艺小分队的首场演出，奏响峰会安保百日冲刺的战鼓，唱响护航G20的铿锵歌声

　　5月27日，主持人正在现场采访执行G20杭州峰会安保任务的民警胡飞。胡飞是海宁市公安局刑侦大队长，他9岁的女儿朵朵写过一篇成为"网红"的作文《我的爸爸》，其中的那句"你再不陪我，我就长大了……"感动亿万网友。问及这次执行任务女儿怎么说，胡飞告诉观众朋友，朵朵这次说："等爸爸完成任务，我再写一篇《我的爸爸和G20》，爸爸，加油！"听到来自孩子的祝福和鼓励，不仅胡飞的眼睛湿润了，现场观众也深受感动

5月31日，文艺小分队兵分多路，分别来到南湖派出所、乌镇派出所、海洲派出所，唱响警察歌，演绎警营事，将动员送到最基层

6月3日，在瓢泼大雨中，文艺小分队在离中共一大会址100米的广场上搭起临时的棚子，为数百名民警代表、当地市民及游客演出

演出期间，队员为正冒着大雨在黄陂南路与兴业路交汇处中共一大会址门前执勤的民警赠送文化基层行纪念品

6月4日，在上海关港消防中队，听着一曲蕴含深情的《我的消防兄弟》，烈士刘杰的妈妈流着泪对演唱的队员刘雅进说"你们都是我的好孩子"

　　6月8日晚，在福建宁化县跟着妈妈来看演出的8岁小男孩魏成杰主动跑上舞台，把一束鲜花送给队员李泽，并郑重其事地向他敬礼，留下了"等我长大了，也要当警察，抓坏人，也给大家唱歌"的约定

欢迎公安部"文艺小分队"莅临古田派出所慰问演出

古田会议铸警魂
强警为民创满意

星火精神

6月10日，恰逢端午节，小分队队员们带着节日祝福的歌声和过节的粽子来到古田派出所，慰问值班的民警

6月10日，文艺小分队在福建省龙岩市古田会址唱响忠诚的歌声，奏响平安的旋律，向千余名老区群众展示了新时期公安民警的风采，在这片红土地上演绎出和谐警民情

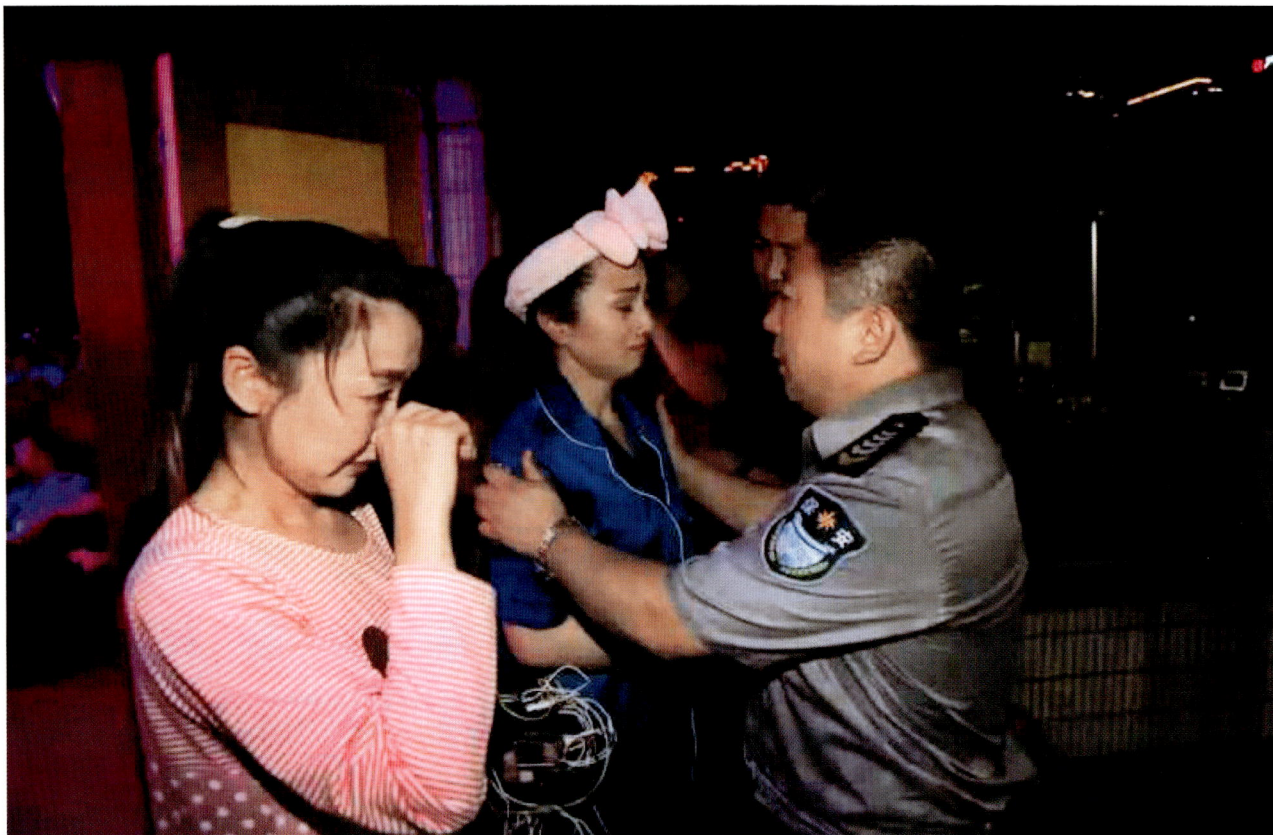

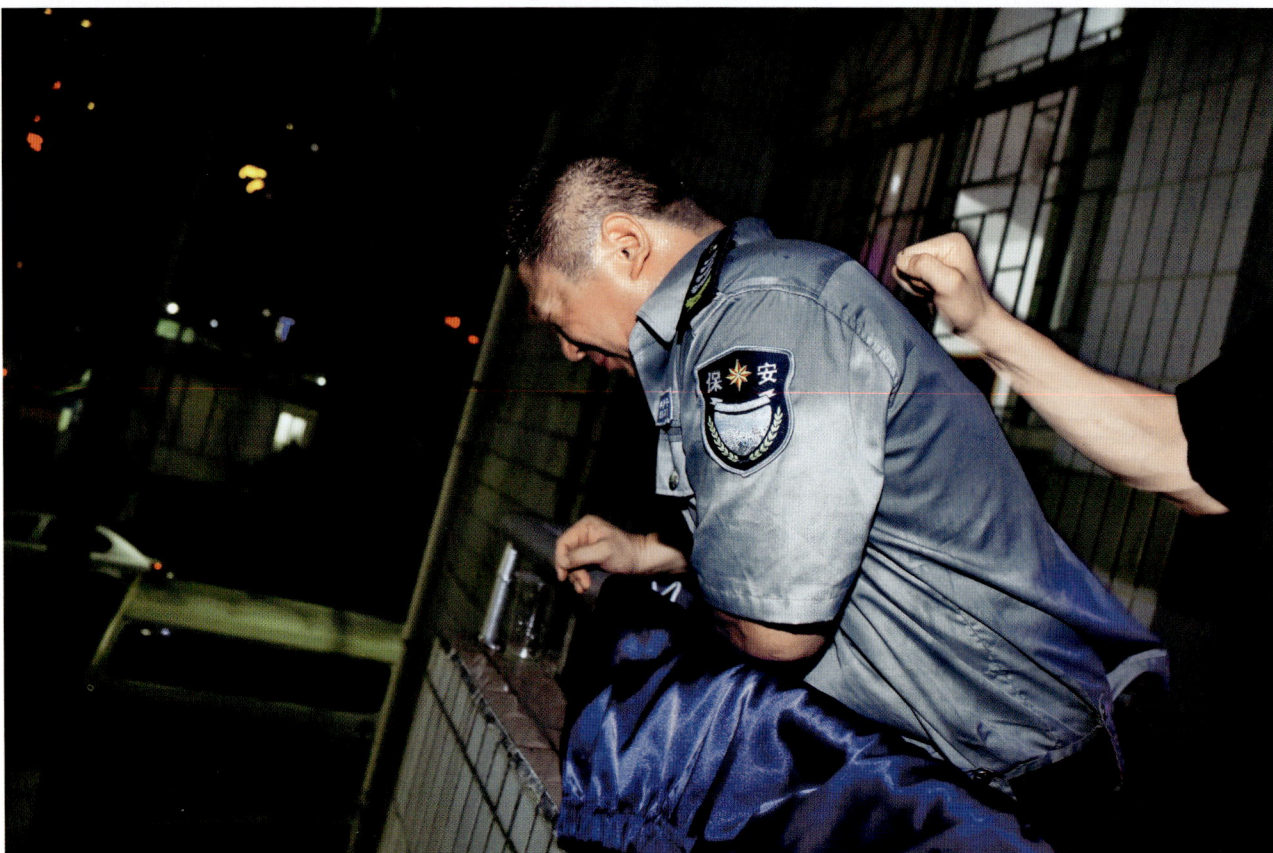

6月12日，文艺小分队在福建厦门演出时遭遇高温天气，演出结束后，小品演员王茂福大汗淋漓，呕吐不止

6月14日，在重庆慰问演出中，小分队把当代公安"保尔"陈冰的事迹搬上舞台，现场创作了诗朗诵《致敬！我最美的警察兄弟》和歌曲《臂膀》，在舞台上艺术展现公安英模精神

　　6月15日，重庆屡立战功的警犬马刀、皮球及训犬员登上
小分队慰问演出的舞台，表演了口令、搜捕、钻钢圈等科目，
这也是它们退役前的最后一次表演

6月19日，文艺小分队在机场候机厅为执勤民警和乘客倾情演出，受到观众欢迎

　　6月20日，文艺小分队刚刚抵达武汉即遭遇暴雨，当地民警冒雨迎接他们喜爱的队员们，并弹唱他们原创的歌曲《出发吧！警察》热场

　　6月21日，文艺小分队在有着"荆楚第一消防中队"之称的江汉消防中队举行慰问演出。来自全国公安基层单位的小分队队员成了官兵们心中的明星，文艺小分队要来，他们自发地上网下载了队员演出的照片，打印出来，给正在舞台上演出的队员最热烈的喝彩

　　6月22日，在荆州市古城演出现场，监利县公安局牺牲民警刘勇的老父亲刘新成也来到慰问演出的现场，当主持人问他是否后悔让自己的独子走上从警之路的时候，这位老父亲眼含热泪说："我不后悔，孩子为正义而死……"发自肺腑的话语让在场很多人热泪盈眶

6月22日晚，在大冶市慰问演出结束后，烈士吴志勇的母亲把鲜花送到正在谢幕的队员陈迪怀里，深情地亲了一口说："你们都是好孩子，奶奶谢谢你们"

公安文化基层行

　　6月26日，在临沂，沂蒙新红嫂于爱梅将代表沂蒙人民心声的一双双"警民心连心"鞋垫送到队员手中，请队员带给部领导。她说："战争年代，沂蒙红嫂缝军衣、做军鞋，子弟兵穿着它打出一个人民解放的新中国，希望民警垫上红嫂亲手纳的鞋垫，为国家守太平，为人民保平安"

6月30日，文艺小分队在菏泽市郓城县慰问演出

文艺小分队队员在红岩革命纪念馆接受革命传统教育，集体重温入党誓词

公安部"公安文化基层行"文艺小分队十年慰问演出足迹图（★数量代表文艺小分队所去省份的次数）

图书在版编目（CIP）数据

一路真情：公安部"公安文化基层行"文艺小分队
慰问演出十周年纪念 / 公安部宣传局编 . —— 北京：群
众出版社，2017.1
　ISBN 978-7-5014-5630-7

　Ⅰ . ①一… Ⅱ . ①公… Ⅲ . ①纪实文学 – 中国 – 当代
Ⅳ . ① I25

中国版本图书馆 CIP 数据核字 (2017) 第 008165 号

一路真情

公安部"公安文化基层行"文艺小分队
慰问演出十周年纪念

公安部宣传局　编

出版发行：群众出版社
地　　　址：北京市丰台区方庄芳星园三区15号楼
邮政编码：100078
经　　销：新华书店
印　　刷：北京利丰雅高长城印刷有限公司
版　　次：2018 年 6 月第 1 版
印　　次：2018 年 6 月第 1 次
印　　张：19
开　　本：889 毫米 ×1194 毫米　1/12
字　　数：400 千字
书　　号：ISBN 978-7-5014-5630-7
定　　价：160.00 元
网　　址：www.qzcbs.com
电子邮箱：qzcbs@sohu.com
营销中心电话：010-83903254
读者服务部电话（门市）：010-83903257
警官读者俱乐部电话（网购、邮购）：010-83903253
综合图书分社电话：010-83901870